バレエだいすき！ティアラちゃん

3

作＝しめのゆき
絵＝小野恵理

「バレエだいすき！ ティアラちゃん」シリーズにとうじょうするのは……

が、第《だい》3巻《かん》にとうじょうするキャラクターだよ！

リラおねえさん

バレエがじょうずなティアラのおねえさん。スワン・バレエ・スタジオの上級生《じょうきゅうせい》。

おかあさん

ティアラとリラのやさしいおかあさん。ティアラたちのゆめをおうえんしている。

おとうさん

とおい外国《がいこく》、ササラにすんでいる。

ティアラとそのかぞく

ティアラ

このものがたりの主人公《しゅじんこう》。スワン・バレエ・スタジオの生徒《せいと》。

キャンディ

ティアラの
友《とも》だちで、ライバル。
スワン・バレエ・
スタジオの生徒《せいと》。

チェリー

キャンディの親友《しんゆう》。
スワン・バレエ・
スタジオの生徒《せいと》。

シュシュ

ティアラの親友《しんゆう》。
スワン・バレエ・
スタジオの生徒《せいと》。

ポピー

ティアラの親友《しんゆう》。
スワン・バレエ・
スタジオの生徒《せいと》。

ローザ先生《せんせい》

ティアラたちの先生《せんせい》。
スワン・バレエ団《だん》の
プリマ・バレリーナ
でもある。

スワン・バレエ・スタジオ

シモーヌ

ティアラたちより
学年《がくねん》はひとつ上《うえ》。

ナッツ＆ミニ

男《おとこ》の子《こ》のほうがナッツ、
女《おんな》の子《こ》のほうがミニ。
ティアラたちより学年《がくねん》
はひとつ下《した》。

ソックス

気《き》が弱《よわ》い男《おとこ》の子《こ》。
スワン・バレエ・
スタジオの生徒《せいと》。

キャンディのおかあさん

スワン・バレエ・スタジオの父母会《ふぼかい》の会長《かいちょう》。

エーカー

キャロル、マリ

背《せ》がたかいキャロルと、おとなしいマリ。ティアラたちより学年《がくねん》はひとつ下《した》。

ピッチ

スワン・バレエ・スタジオの生徒《せいと》。

スワン・バレエ・スタジオ

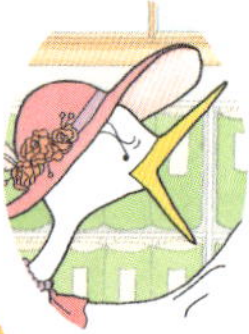

ピッチのおかあさん

ソックスのおとうさん

シュシュのおかあさん

学校《がっこう》のお友《とも》だち

ポロン

チコ

学校《がっこう》でティアラとおなじクラスのお友《とも》だち。

外国《がいこく》のお友《とも》だち

オランジュのおかあさん

オランジュのおとうさん

ティアラのおとうさんのお友《とも》だち

オランジュのおとうと

いたずらっこ。

オランジュ

ティアラの外国《がいこく》のお友《とも》だち。バレエをならっている。

リラのはつぶたい

きょうはスワン・バレエ団《だん》の
『白鳥《はくちょう》の湖《みずうみ》』の公演《こうえん》。
ティアラのおねえさん、リラが
コール・ド・バレエで、
はじめてしゅつえんします。
さあ、げきじょうに
行《い》ってみましょう。

ティアラは、げきじょうのまえで
スワン・バレエ・スタジオのお友《とも》だちとまちあわせ。
きょうは、ローザ先生《せんせい》が
オデット／オディールをおどります。
スタジオの生徒《せいと》はとてもたのしみにしています。

「ねえねえ、みんなでローザ先生《せんせい》にあいに行《い》こうよ」

「うん、行《い》こう行《い》こう！」

ティアラたちは楽屋《がくや》へ行《い》くことにしました。

ほんばんまえの、はりつめた空気《くうき》とざわめき。

なんだかこちらまできんちょうしてしまいそう……。

「あ、先生《せんせい》！」とティアラたちがかけよると、
先生《せんせい》はニッコリ。

先生《せんせい》のえがおは、まるで花《はな》のようです。

みんなうれしくなりました。

「先生《せんせい》、きれい！」
ティアラはリラおねえさんにも
あいたいなとおもいました。
でも、リラに
「はずかしいから、楽屋《がくや》にこないでね」
といわれていたので、あいに行《い》くのはやめました。

そのころリラは、
バレエ団《だん》のダンサーとおなじ楽屋《がくや》で、
とてもきんちょうしていました。

ぶたいの幕《まく》が上《あ》がりました。
オーケストラのながれるようなメロディー……。
いよいよはじまる、とおもうと、
ティアラもワクワクしてしまいます。
おんがくのちょうしがかわって、
ぶたいがあかるくなりました。
リラがすそのながいドレスをきて、
ゆうがに、おしゃべりのマイムをしています。
ティアラは、おもわずつぶやきました。
「おねえさん、がんばって!」

ぶたいの上《うえ》のリラは、
「だいじょうぶ、わたしはちゃんとできる」と
じぶんにいっていました。
王子《おうじ》がとうじょうしたので、リラのいちがかわります。
リラは立《た》ちあがろうとしたとたん、
ドレスのすそをふんづけてしまいました。
あっ！　バランスがくずれそう！
でも、そのとき、となりのダンサーが、
じぶんのドレスをさりげなくひろげました。
リラのしっぽいをかくしてくれたのです。

ぶたいそでにもどると、そのダンサーがいいました。

「気《き》にしない！　きっとお客《きゃく》さまも気《き》づいてないわよ」

「ありがとうございます」

リラには、こころのなかでつぶやくこえがきこえます。

ダメじゃない、しっぱいは、ゆるされないんだから。

リラは、白鳥《はくちょう》のいしょうにきがえながら、
いっしょうけんめいい気《き》もちをきりかえようとします。

第《だい》1幕《まく》2場《ば》がはじまりました。
王子《おうじ》とオデットがみずうみで出《で》あいます。
ティアラは、ローザ先生《せんせい》のオデットを
「なんてきれいなのかしら」と、
うっとり見《み》つめていました。
うでをうごかすたびに、
白鳥《はくちょう》がはねをひろげて舞《ま》っているようです。
それから、コール・ド・バレエが
1れつになって出《で》てきました。

リラはしゅうちゅうして、
おどっていたつもりでした。
でも、オデットのマイムのとき、
あしもとに白《しろ》いはねがおちているのに気《き》づきました。
「もしだれかがはねをふんだら、
すべってころぶかもしれない」
そうおもいはじめると、
気《き》になってしかたがありません。
コール・ドがゆかにしゃがみこんだポーズのとき、
とっさにはねをつかんで、
いしょうのなかにおしこんでしまいました。

いきをきらしていると、
ひとりのダンサーがいいました。
「ぶたいで、ひとりだけ、ちがううごきをしたのは、
なぜ？」
「え？　はねがおちてたから……」
「そんなこと、みんなわかってたわ。
でも、コール・ドは
ひとりだけちがううごきをするなんて、ダメなのよ。
それともコール・ドをバカにしてる？」
リラは、びっくりして、ことばも出《で》ません。

「リラさん」
リラは、ローザ先生《せんせい》がそばにいたのに、
気《き》づいていませんでした。 先生《せんせい》は、やさしくいいます。
「コール・ド・バレエはとてもたいせつなのね。
なぜって、そのバレエ団《だん》の気《き》もちが
しぜんにつたわるものだからよ。
一人《ひとり》ひとりが、レッスンしてきたことを
しっかりやらなくてはね。
わたしも主役《しゅやく》としてのせきにんは、
きちんとはたしますよ。
リラさんもぶたいをつくるひとりとしての、
せきにんがあるでしょ？
あの人《ひと》は、それをおしえたかったのね」

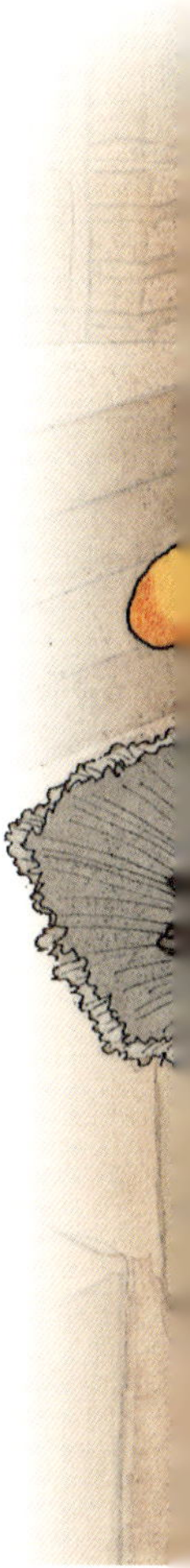

リラは、つぎの第《だい》2幕《まく》のあいだじゅう、
ローザ先生《せんせい》を見《み》つめていました。
じしんたっぷりのオディール。
32回《かい》のグラン・フェッテをせいこうさせると、
大《おお》きな大《おお》きなはくしゅです。
でも、楽屋《がくや》にもどるローザ先生《せんせい》は、
あしをかすかにひきずっていました。
「先生《せんせい》は、あしをケガされていたんだわ……」
じぶんのやくわりを
きちんとはたしてこそダンサー……。
リラはそのことばを、なんどもつぶやきました。

さあ、いそいでじゅんびしないと。

つぎは、さいごの幕《まく》！

そこへ、たいへんなしらせがとびこんできました。

「3わの白鳥《はくちょう》のひとりがケガをしたので、立《た》ちいちをへんこうします」

ダンサーたちは、なにもいいません。

だまってじぶんのいちをたしかめると、じぶんがどう、うごくのかそうぞうしているようすです。

そう、いきなりぶっつけほんばんになるのです。

リラがでばんをまっていると、ケガをしたダンサーが、
コール・ドのれつに、ならびました。
リラはおもわずききました。「おどれるんですか？」
「3わのジャンプは、とべない。
でも、ぶたいをこわすわけにはいかないから、
できるところでがんばるわ」

ローザ先生《せんせい》もこのダンサーも、
なんてすてきなんだろう、とリラはおもいました。
すこしでもこの人《ひと》たちにちかづこう。
リラのこころのなかで、
あたらしい気《き》もちが生《う》まれていました。

コール・ド・バレエのならびじゅんがかわっても、
お客《きゃく》さまには、わかりにくいものです。
でも、このときのティアラには、わかりました。
リラおねえさんのばしょがさっきよりも、
すこしだけまえになっています。
そして、れつがかたちをかえるとき、
そのせんとうになるのです。
それから、もうひとつ。
さっきまで、きんちょうしていたおねえさんが、
やさしいかおでおどっています。
ティアラは、なんだかうれしくなりました。

はくしゅ、はくしゅ、はくしゅ！
ローザ先生《せんせい》がなんども、なんども
レヴェランスをします。
そして、ぜんいんでカーテン・コール。
カーテン・コールでぶたいにならぶと、
リラのばしょは、もちろんいちばんうしろです。
「でも、いつか！」
そう。いつかあの中《ちゅう》おうに！
リラは、きょうのぶたいのことを
ぜったいにわすれない、とおもいました。

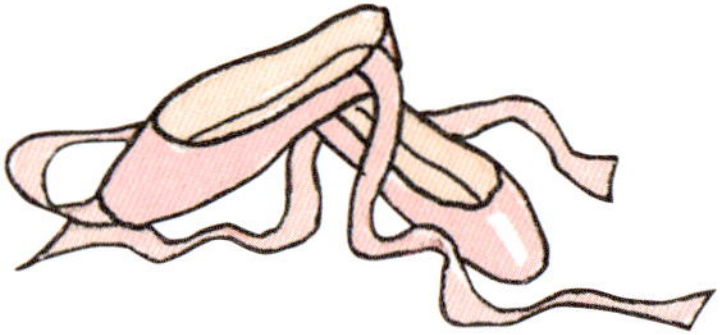

ティアラのライバル

その人《ひと》のことを
たいせつにおもうから、
なにかしてあげたい。
だけど、それがかえって
よけいなことだったり、
おもいもかけないほど
うれしかったり。
キャンディのばあいは、
どうでしょう？

スワン・バレエ・スタジオでは、
きょうもげんきにレッスン、レッスン！

あら、先生《せんせい》がかえってしまったのに、
みんなまだおどっていますよ。
クルクル、クルクル。
目《め》がまわりそう。

「ピルエットがじょうずにまわれたら、
バレリーナってかんじね」
チェリーとシュシュがそんなおはなしをしています。
「ダメだあ。グラグラする」
ティアラもうまくまわれないみたい。
そんななかで、きれいに、クルリとまわっているのは、
キャンディ！

「キャンディちゃん、
どうしたらそんなにじょうずにまわれるの？」
ティアラがききました。
キャンディは、いいました。
「ティアラはかおのまわしかたがおそいのよ。
『まわるとき、１てんを見《み》つめて』って、
ローザ先生《せんせい》がいってたでしょ。
それで、まわるしゅんかんに
からだより早《はや》くかおをまわして
もとの１てんを見《み》るようにするの」
ティアラは
キャンディのいうとおりにやってみました。
こんどは、なんとかできました。
「ほんとうだ！　まわれそう！」

そこへ、ティアラとシュシュのおかあさんが入《はい》ってきました。

「あら、まだれんしゅうしてるの？」

きょうは、レッスンごに父母会《ふぼかい》があるのです。

おかあさんたちがあつまったので、
みんなはおどるのをやめて、いそいでかえります。

父母会《ふぼかい》がはじまりました。

「きょうは、あたらしいやくいんをきめたあと、はっぴょう会《かい》のことをはなしあいたいとおもいます」

と、キャンディのおかあさん。

ピッチがスタジオにわすれたレオタードを、
とりにもどってきました。
ちょうどおかあさんもかえるところ。
いっしょに、こういしつまで行《い》くと、
ローザ先生《せんせい》のへやからこえがきこえます。

「……こんどの会長《かいちょう》も
ひきつづきわたしがお引《ひ》きうけしました。
はっぴょう会《かい》では、またよろしくおねがいしますね」
「いつもありがとうございます。
キャンディちゃんにも、
とてもきたいしているんですよ」

それをきいたピッチのおかあさんは、
バン！　とへやのドアをあけました。
「ちょっと、それ、どういうことですか⁉
父母会《ふぼかい》の会長《かいちょう》を引《ひ》きうけるかわりに、
はっぴょう会《かい》のいい役《やく》をもらう、っていうことですか⁉」
「え？」
ローザ先生《せんせい》とキャンディのおかあさんはびっくり。
ふたりがことばをかけるまえに、
ピッチのおかあさんは
つっつきそうないきおいでおこると、
プン、とかえってしまいました。

つぎのレッスンのときには、
もう、クラスにうわさがながれていました。
ピッチはとってもおしゃべりなんです。
キャンディがお教室《きょうしつ》に入《はい》ってくると、
みんなヒソヒソごえ。
「会長《かいちょう》をやるから、
はっぴょう会《かい》でよろしく、っていってたらしいよ」
「だからいつも、いい役《やく》もらえるんだ」
キャンディには、なんのことかわかりません。
「いいたいことがあるなら、ハッキリいいなよ！」
とキャンディがさけんでも、みんなはしらんぷり。

キャンディは、「さようなら」もいわずに、
おうちにかえりました。

「ママ！　ローザ先生《せんせい》に、

『会長《かいちょう》やるから、いい役《やく》をくれ』って、いった⁉」

ママは、ふうっとためいきをつきました。

「ごあいさつしてただけよ」

「ウソ！『だからいつもいい役《やく》をもらえるのね』って
いわれたんだから」

「あなたのためにママは」

「会長《かいちょう》なんてやめてよ！」

キャンディは、おうちをとび出《だ》しました。

クラスでいちばん、じょうずだとおもっていたのに。
じぶんのじつりょくで、
役《やく》をもらっているとおもっていたのに。
「ママがやってること、
ちっともわたしのためじゃないよ」
気《き》がつくと、バレエ・スタジオのまえにきていました。
まどのあかりがなみだでぼやけはじめたときです。

「キャンディちゃん！」

とつぜん、手《て》をしっかりつかまれていました。

ティアラが立《た》っていました。

ティアラのおかあさんがつくったホットミルクを
のみながら、キャンディは、ポツリといいました。
「あんたも、わたしがずるいやりかたで
役《やく》をもらっていたと、おもってるんでしょ」
そのひとことは、
キャンディのこころにささったトゲのよう。
ティアラは、いいました。
「そんなこと、ぜったいにおもっていないし、
わたしがどうおもうかなんて、かんけいない。
キャンディちゃんは、
じぶんの力《ちから》をしんじてればいいんじゃないの？」

「ティアラにそんなこといわれなくたって、
わかってるわよ」
「わかってないよ！
わたしにピルエットおしえてくれたのは
キャンディちゃんでしょ!?
くやしいけど、わたしは、
まだまだキャンディちゃんみたいにおどれない!!」
キャンディは、ポカンとして
ティアラを見《み》ていました。
だって、ふだんはおとなしいティアラが、
すごいけんまくなんですもの。

つぎのレッスンのとき、ローザ先生《せんせい》が、
うわさのことを、きちんとせつめいしてくれました。
「おかあさんが会長《かいちょう》になっただけで、
いい役《やく》になれるなら、やりたいと、
いってくださるかたがもっといらっしゃるかしら。
でもね、みなさんいそがしいし、
ことしもキャンディちゃんのおかあさましか、
やってくださるかたがいなかったのよ。
キャンディちゃんのおかあさまに
きょうりょくしてもらって、
はっぴょう会《かい》をせいこうさせたいでしょ？
みなさんは、じつりょくでがんばらなくてはね」

さて、レッスンがおわったあとのこと。
キャンディは、いきなり金《きん》いろのブローチを、
ティアラにわたしました。
それは、キャンディがおめかしするときには
いつもつけている、たからもの。
「……あげる」
ティアラは、ドキドキしながら、じぶんのうでから
さくらんぼのブレスレットをはずして、
キャンディにわたしました。
「たいせつにするね」
どうじにおなじことをいったのがおかしくて、
ふたりは、いっしょにわらいました。

ティアラちゃんのひみつ

ティアラの大《だい》すきな
たべものやおうちのこと、
お友《とも》だちのこと、
なんでもおしえちゃう♪

9月9日生まれ。
おとめざのOがた

　ティアラはなにかをはじめたらじぶんがなっとくするまでやっちゃう、いかにもおとめざの女の子です。Oがたなので、あんまりこまかいことは気《き》にしない、のんびりやさんなところも。

　ちなみにリラおねえさんは、おうしざのAがた。コツコツとどりょくをして、かくじつにせいこうするゆうとう生タイプです。

ティアラは友《とも》だちおもい

『うちをとびだしたキャンディ。ティアラがスワン・バレエ・スタジオのまえでキャンディをつかまえる（第《だい》６話《わ》）』というシーンがありますね。

　このとき、ティアラはキャンディのおかあさんからでんわをもらっていたんです。

「キャンディがおじゃましていない？」って。

　それで、ティアラはしんぱいでじっとしていられなくて、ついついさがしに行《い》ったんですって。いじけておちこむキャンディをおもわずおこってしまうのも、じぶんのことのようにキャンディの気《き》もちがわかるから。

やっぱりバレエがいちばん

　ティアラはピアノもならっています。『学年《がくねん》の歌《うた》のれんしゅうのときに、ばんそうをする（第《だい》３話《わ》）』くらいだから、きっとじょうずなんだよね。でも、ティアラがピアノをやっているのは、バレエのため。ピアノもきらいじゃないけれど、ほんとうは、バレエだけやれたらいいなあ、っておもっています。

★ティアラのおうちのなかを公開《こうかい》！

ティアラのすむまちは、げきじょうをちゅうしんにしてどうろがひろがっています。みどりがたくさんあるしずかなまちです。ティアラのうちはまちのちゅうしんからはずれたところにあります。バレエ・スタジオへは、あるいて25ふん、学校《がっこう》へは20ぷんかかります。

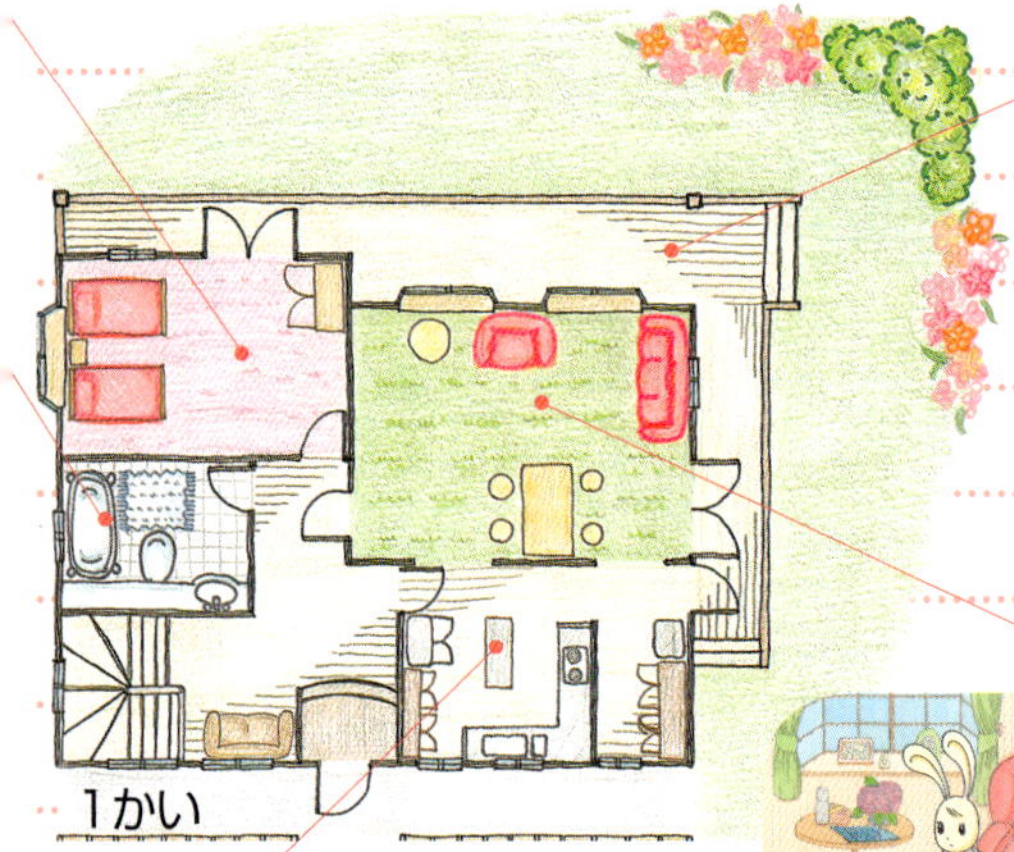

★テラス&ガーデン

キッチンからもにわに出《で》られます。にわではたくさんのハーブをつくっているので、おりょうりをしながら、ちょこちょこつんでくるんですって。

★リビング&ダイニング

ソファのおいてあるリビングは、いつもとうじょうするおへや。にわにも出《で》られます。

第4話
「ティアラのぼうけん」

★キッチン

まんなかのテーブルでは、ティアラとリラがクッキーをつくったりします。ひろいキッチンには、ハーブのはちや、ピクルスのびんがいっぱい。

設計・イラスト／佐々木舞子（建築士）

★ゲストルーム

おとうさんがササラからかえってくるとき、よくお友《とも》だちをつれてくるので、お客《きゃく》さまがおとまりになることも、おおいのです。

★バス・ルーム

バス、トイレ、せんめんじょがひとつになっています。

第３話
「ティアラのしょうたいじょう」

第１話
「ティアラのトウシューズ」

★おとうさん＆おかあさんのおへや

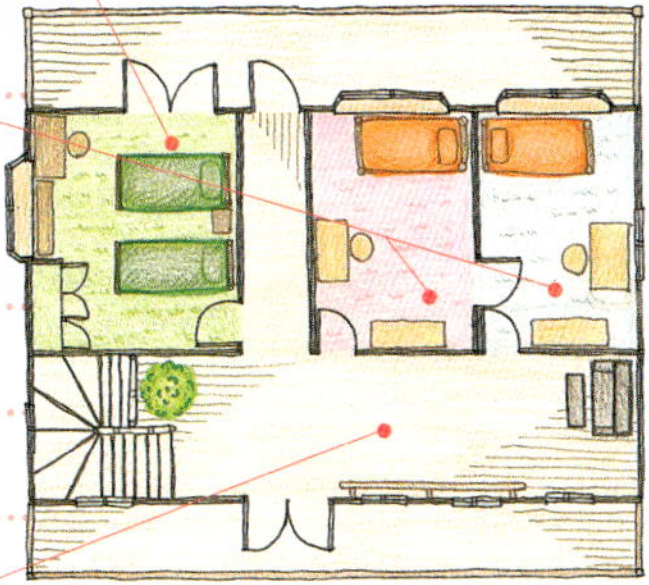

2かい

★ティアラ＆リラのおへや

ふたりのおへやはつながっていて、ちょくせつ行《い》けるようになっています。

『いつもは「ドン・キ」をきいているのに、「白鳥《はくちょう》」のおんがくをきいているの？』といって、ティアラがリラのおへやをのぞくシーンがあります。（第３話）ドアからおとがよくきこえるからなんですね。

★レッスン・スペース

ティアラがちいさかったころは、おもちゃをいっぱい出《だ》して、リラとここであそぶのがすきでした。４才《さい》になってティアラもバレエをはじめたので、おとうさんが、かがみとバーをつけてくれたんです。ティアラがピアノのれんしゅうをするときも、ここでします。

ティアラのお友《とも》だち大図鑑《だいずかん》！

シュシュ

ティアラのいちばんのお友《とも》だち。いつもティアラのことをおもってくれるやさしい子《こ》です。トウシューズがなくなったときもすごくしんぱいしてくれました。学校《がっこう》ではティアラのとなりのクラス。

シュシュのレオタードには、ほとんどのものに、フリルがついています。ふだんぎも、どこかにお花があしらってあったりして、かわいらしいものがおおいよ。

キャンディ

クラスでいちばんじょうずなのは、やっぱりキャンディ。先生《せんせい》にいわれたことがすぐにできるようになる、テクニシャンです。4才《さい》からバレエをはじめました。ティアラとはべつの学校《がっこう》にかよっています。

キャンディはふだんからパンツ・スタイルがおおく、ボーイッシュにきめるのがすき。だからレッスンでも、まきスカートはつけても、いろづかいをくふうしてクールにまとめます。

ポピー

ティアラとシュシュのなかよしのお友《とも》だち。となりのまちからバレエをならいにきているので、いっしょにあそんでいても、すぐにかえらないといけないんですって。

チェリー

気《き》がみじかくて、ちょっといじわるだけど、4才《さい》からいっしょにレッスンしているお友《とも》だち。バレエはじょうずで、キャンディとおなじ学校《がっこう》にかよっています。

シモーヌ

毎回《まいかい》とうじょうするこの子《こ》のなまえはシモーヌ。４才《さい》のときからバレエをはじめていたんですよ！　バレエむきとはいえない体《たい》けいのせいで、いつもくろうしているんです。ティアラたちよりひとつ学年《がくねん》が上《うえ》です。

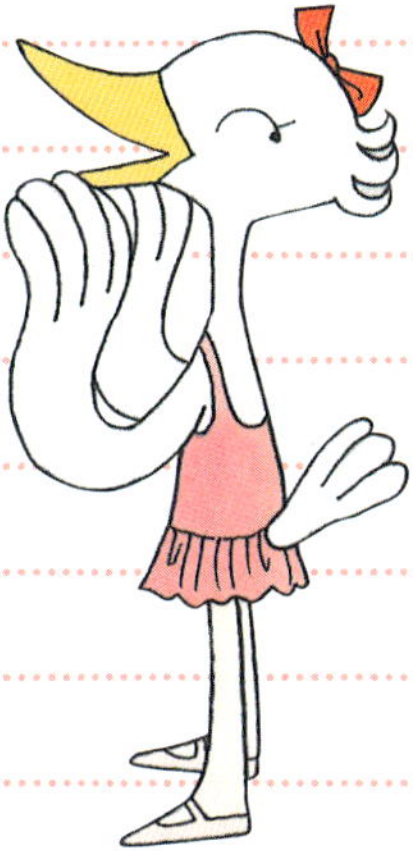

ピッチ

とってもおしゃべりで、たまにレッスンをさぼったりします。バレエのこととなると、ピッチよりも、おかあさんのほうが、いっしょうけんめいなかんじ。

バレエ大好きティアラちゃん 3

作＝しめのゆき　絵＝小野恵理

2010 年 2 月 1 日　初版発行

発行所：株式会社 新書館　〒 113-0024　東京都文京区西片 2-19-18

編集／ TEL 03-3811-2871　FAX 03-3811-2623

営業／〒 174-0043　東京都板橋区坂下 1-22-14　TEL 03-5970-3840　FAX 03-5970-3847

表紙・本文レイアウト：SDR（新書館デザイン室）

印刷：加藤文明社

製本：若林製本

Printed in Japan　ISBN978-4-403-33037-7